OBSERVATIONS

SUR

LA NATURE ET L'UTILITÉ

DU

DRAME A GRANDE ACTION,

ET SUR LES AUTRES GENRES DRAMATIQUES;

PAR CH[s]. D...., Entrepreneur et Administrateur de la Salle des JEUX GYMNIQUES; (porte St.-Martin).

NUMÉRO PREMIER.

A PARIS,

Chez { MARTINET, Libraire, rue du Coq. tous les Marchands de Nouveautés.

1811.

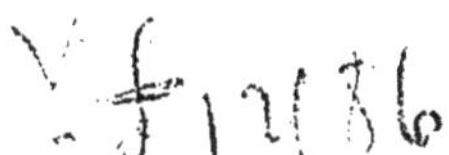

N°. 1er.

OBSERVATIONS

SUR LA NATURE ET L'UTILITÉ DU DRAME A GRANDE ACTION, ET SUR LES AUTRES GENRES DRAMATIQUES.

LES erreurs et les exagérations qu'on a justement reprochées au *mélodrame*, ayant fait envelopper dans sa proscription un genre qui lui est analogue quant à son organisation fondamentale, et qui peut être évidemment utile, j'ai cru nécessaire de montrer la différence qui se trouve entre le *mélodrame* connu et le DRAME A GRANDE ACTION, qui est le genre analogue livré au même anathême. Je donne cette dernière dénomination à celui qui présente les actions héroïques dans tout leur développement et dans toute leur pompe.

Les critiques habiles n'auraient pas dû dédaigner d'éclairer le public sur ce dernier genre, lorsqu'ils reconnaîssaient que les pièces où l'action est présentée d'une manière vaste, et dans lesquelles est étalée toute la magnificence théâtrale, sont goûtées avidement de la plus nombreuse partie des spectateurs. On pouvait justifier ce goût général du public, par des raisonnemens fondés sur les principes de l'art, de la morale et de la politique; (car ces trois grands intérêts doivent être embrassés, lorsqu'il s'agit de régler un genre dramatique). Ainsi l'on aurait fait cesser depuis long-tems la lutte d'opinion qui existe entre la masse du public, amateur des spectacles extraordinaires, et ceux qui, enthousiastes des hauts genres, se persuadent que l'introduction d'un nouveau, quel qu'il soit, doit anéantir l'art. L'on aurait évité que les hommes éclairés ne compromissent leur jugement et leurs lumières, en votant contre le genre inusité que je cherche à faire apprécier, et qu'ils ont improuvé, faute d'avoir examiné sa nature et ses attributions, et faute d'avoir combiné l'influence utile qu'il peut avoir. Enfin, en suivant cette marche régulière, les critiques auraient assuré les droits respectifs des genres divers, et ils auraient tracé la ligne de démarcation qui doit les séparer tous.

L'influence que peut avoir *le Drame à grande*

action sur les mœurs devait être scrupuleusement examinée ; ses rapports relatifs à l'art devaient être exposés : il fallait, en définissant le genre, montrer s'il est défectueux, et, s'il présente des vices, rechercher s'ils tiennent à son essence ; on devait enfin déterminer si ce genre intermédiaire était politiquement utile, et, dans le cas affirmatif, indiquer quelles sont ses véritables attributions ainsi que ses limites.

Je me propose de faire cet examen dans les diverses parties de cet ouvrage, que je diviserai par *numéros*.

L'étude que j'ai eu l'occasion de faire dans l'exécution du grand *mélodrame*, des abus de celui-ci et des avantages qu'offrirait l'autre genre, me donne peut-être le droit de m'occuper de ce travail, et de présenter ces observations au public. Je vais prendre la place de l'observateur impartial qui expose les principes, en tire les conséquences naturelles, et en fait l'application au genre qu'il examine.

On a nommé généralement le mélodrame *monstrueux*, et ce n'est point sans raison ; les pièces connues sous cette dénomination justifièrent cette inculpation, ou du moins elles se montrèrent entièrement imparfaites, lorsqu'elles violèrent la loi des trois unités qui doit être constamment respectée, lorsqu'elles s'éloignèrent de la régularité qu'exige le plan d'un drame, lorsqu'elles embrassèrent des actions trop vastes pour que l'harmonie des moyens pût s'y trouver, lorsque les caractères des héros furent outrés ou affaiblis, ou enfin lorsque la vraisemblance manqua dans la fable : mais ces ouvrages ne furent point monstrueux, en présentant, comme l'a dit l'auteur d'une brochure nouvelle (1), des *fantômes*, des *chaînes*, des *bûchers*, des *cavernes*, etc; car on peut répondre que *Sémiramis*, la *Veuve du Malabar*, *Mérope*, *Macbeth*, plusieurs autres tragédies, le plus grand nombre des pièces du Grand-Opéra, et beaucoup de celles de l'Opéra-Comique ont employé les mêmes moyens.

La justice et l'impartialité veulent que je dise ici, qu'en signalant les vices des pièces *mélodramatiques*, on aurait dû faire connaître les erreurs qui se trouvent dans les ouvrages des autres genres, afin que chacun d'eux connût les bornes que lui prescrivent l'art et les mœurs. On aurait dû encore faire entrevoir (ceci est une observation très-importante) que les erreurs et les monstruosités

---

(1) Je veux parler de l'opinion de M. Ricord, dans sa brochure intitulée : *Quelques Réflexions sur l'Art théâtral.*

mêmes, contenues dans plusieurs pièces, ne peuvent détruire les droits du genre. Sans cela, l'assassinat de Zopire, le repas de Gabrielle de Vergi, le festin d'Atrée, et quelques autres atrocités qu'on voit dans les pièces du Théâtre Français, auraient détruit l'art tragique. Cette vérité de principe serait applicable au *mélodrame* lui-même, si l'on pouvait détruire les vices nombreux qui tiennent à son organisation.

Je vais indiquer à présent les principes du *Drame à grande action*, ainsi que sa nature et son but.

L'on sera convaincu, en envisageant ces principes et en s'arrêtant sur ces observations, que ce genre peut mériter autant d'estime et de succès que le *mélodrame* a essuyé de critiques et de mépris, et qu'il a droit, comme tous les genres utiles, à la protection du Gouvernement.

Ce genre a pour type le drame ordinaire, et ses limites sont tracées, puisque celles du drame ordinaire le sont. Comme ce dernier, le drame à grande action repose sur les principes constitutifs de l'art, et il a pour but le triomphe de la morale; mais il s'éloigne du genre du drame ainsi dénommé, dans sa partie secondaire, puisqu'il embrasse un développement d'action et une magnificence de spectacle étrangers à ce dernier. Il diffère encore du drame simple par la grandeur de ses sujets, la noblesse de ses personnages, et par le haut ton du langage qui lui est propre. Dans ce dernier cas, il se rapproche davantage de la tragédie. Si le drame à grande action, réglé sur les vrais principes de son genre, ne différait point d'elle par la pompe du spectacle dont il s'entoure, il pourrait être nommé *tragédie en prose*, puisque ce qui forme le développement de son action, n'est autre chose que l'exposition en scène des évènemens qui servent de base aux récits dans les tragédies.

Voilà donc un genre entièrement distinct, qui n'empiète point sur les droits des autres, qui n'offre rien d'irrégulier, et qui ne dépasse point les bornes de l'art, à moins qu'on ne veuille se persuader que ces bornes sont dépassées lorsque l'action entière est mise sous les yeux des spectateurs, ou lorsqu'on y déploie toute la magnificence théâtrale.

Cette extension ayant servi de base à des argumens contre le genre que je défends, je dois observer, en prenant la tragédie pour objet de la discussion, qu'un plus grand dévelopement dans l'action du premier genre de la scène française, a été long-tems désiré, et que les maîtres de l'art n'ont pas décidé que cette innovation fût contraire à la gloire de Melpomène. Ce qui a empêché les hommes éclairés de l'autoriser par leur opinion, c'est la crainte qu'ils ont eue de voir abandonner la majorité de nos chef-d'œuvres tragiques qui manquent totalement d'action. Dans les longs débats qu'excitèrent l'idée et la proposition de ce changement dans nos tragédies, les littérateurs n'alléguèrent que cette raison contre un semblable accroissement.

Ne pourrait-on pas dire aussi que la manie de ne vouloir pas imiter les étrangers qui ont introduit la grande action dans leurs ouvrages tragiques, fut l'une des causes qui s'opposèrent à son introduction dans les nôtres ? L'on ne peut cependant, sans s'exposer à tomber dans l'erreur, et sans compromettre son équité, supposer que les nations étrangères modernes soient totalement dépourvues de sens et de goût en ce qui concerne leurs théâtres.

Si l'Opéra a adopté, à l'imitation des Grecs, la pompe du spectacle, la multitude des personnages scéniques, les chœurs, les cérémonies religieuses, etc. la tragédie eût pu les adopter.

Il existe un exemple offert par *Racine*, qui prouve la possibilité de l'introduction de la pompe théâtrale, et la nécessité même du dévelopement de tous les moyens de la scène dans les tragédies. Il se trouve dans *Athalie*, son chef-d'œuvre, où cette pompe et ces moyens divers se montrent réunis. Je pourrais en outre citer *Esther*.

Voltaire donna ensuite le même exemple dans plusieurs ouvrages.

Voilà sans doute une autorité puissante, qui anéantit toutes les objections qu'on a faites contre l'emploi des mêmes embellissemens dans des genres auxquels ils peuvent être propres, et qui sont moins rapprochés de la sublimité de l'art. Cette autorité appuie encore les préventions du public en faveur des pièces à grand spectacle.

Dans un tableau où je me propose d'indiquer le changement opéré dans les mœurs de l'Europe entière, et notamment dans celles de la nation française, je prouverai que les moyens employés sur la scène avant ce changement, pour intéresser et émouvoir les spectateurs, deviennent trop faibles aujourd'hui, et qu'il faut désormais des ressorts plus puissans pour opérer ces effets.

Cette discussion résoudra peut-être le problême de la nécessité d'accroître l'action dans la tragédie et le drame, et le *Drame à grande action* trouvera un nouvel appui relativement à cette partie de son genre.

Je passe légèrement sur ces objets dans ce premier *numéro*, que je regarde comme la simple exposition du plan que je dois déveloper.

J'ai dit que le *Drame à grande action* devait prendre le ton élevé de la prose : il est d'autant plus nécessaire d'éclaircir cette idée, que l'argument qu'on croit le plus fort contre ce genre, est, selon ses détracteurs ou les personnes abusées, la difficulté, qu'ils nomment insurmontable, de faire parler en prose les rois et les héros d'une manière digne d'eux.

Il suffit de definir ce qui constitue la grandeur dans la diction pour réfuter l'argument. Cette grandeur ne réside point dans le rythme, mais dans l'élévation, dans la noblesse des pensées, et dans l'expression naturelle des grands sentimens, d'où naît principalement *le sublime.*

Allons plus loin ; la prose a son rythme comme les vers ; et son expression tient à l'éloquence et à l'élégance à la fois: elle a aussi du nombre et de l'harmonie, et elle se rapproche entièrement de la poésie dramatique qui exclut en général les images.

Quel est l'homme de goût qui ne préfère la poésie ? mais doit-on toujours proscrire la prose dans les sujets héroïques ? on se persuade que dans la rime *seule* réside la dignité des discours des grands personnages : mais l'erreur fondamentale de cette idée et la fausseté de cette prévention se découvrent, lorsqu'on lit les discours des héros d'*Homère* dans les traductions en prose de l'*Ylliade* et de l'*Odyssée*, et ceux de la divinité même dans *Télémaque*. Où est le profane, s'il m'est permis de me servir de ce terme, qui puisse, lorsque ces exemples sont sous ses yeux, avancer que le haut ton de la prose dégrade ou affaiblit les caractères des personnages héroïques ?

Veut-on d'autres autorités ? Qu'on lise les oraisons funèbres de nos grands orateurs ; l'on verra que la prose y est le fidèle interprète des sentimens et des idées des héros et des rois.

Le *Drame à grande action* ne trouve aucune objection fondamentale contre son genre : s'il était adopté, il contribuerait évidemment plus que tout autre genre, à cause du grand nombre d'ouvrages qu'il peut produire, à signaler les sentimens héroïques de la nation, et à étendre sa gloire morale : enfin, il concourrait à former le goût des Français, et assurerait ainsi le triomphe général de nos théâtres tragique et lyrique.

J'entrerai dans quelques détails pour appuyer cette dernière assertion ; je rechercherai en même tems les causes de la propension de la masse du public pour ce genre, et de son éloignement des grands théâtres.

Il est incontestable que l'art de la versification étant inconnu de la majorité, elle ne peut sentir le charme des beaux vers, et que la pompe des expressions ne peut exciter son enthousiasme, parce que ces expressions ne sont point intelligibles pour elle. Il est également certain que les hommes de toutes les classes n'ayant pas en général le goût formé, ne sachant pas distinguer les finesses de l'art, ni apprécier la grandeur et la noblesse des idées, et n'étant pas habitués à contempler les tableaux perfectionnés des sentimens héroïques, le plus grand nombre doit s'écarter des théâtres où sont étalées ces grandes beautés morales et poétiques, et recourir au genre dont l'expression est analogue à la faiblesse de ses lumières et à la médiocrité de son éducation.

L'ignorance du vulgaire fut donc l'unique cause de cette désertion, et il est aisé d'entrevoir que si le genre analogue au mélodrame existait dans sa régularité, attachant l'esprit du public, rectifiant ses idées et agrandissant ses sentimens, il préparerait son goût pour la tragédie, et le ramenerait vers les grandes scènes où l'art se montre dans toute sa sublimité et dans tout son éclat.

On a parlé *d'écoles pour conserver la tradi-*

tion de l'art, celle-là servirait évidemment à *conserver la tradition du goût*, sans laquelle l'art et sa gloire sont anéantis. J'ajoute qu'elle ne coûterait point de frais au Gouvernement.

J'examinerai dans mon 2e. *numéro* la prédiction qu'on a faite de la chute totale des grands théâtres si ce genre était introduit, et je prouverai l'absurdité de cette nouvelle opinion, qui fait supposer que la France n'a plus de gens de goût ni d'admirateurs constans du plus beau des arts.

FIN.

De l'Imprimerie de Dondey-Dupré, rue Turenne, n°. 46.

www.ingramcontent.com/pod-product-compliance
Ingram Content Group UK Ltd.
Pitfield, Milton Keynes, MK11 3LW, UK
UKHW021018220726
13924UKWH00001B/51